Une fille tout feu tout flamme

Nathalie Somers
Illustré par Sébastien des Déserts

Conception graphique : Aude Cotelli

© Talents Hauts, 2009
ISBN : 978-2-916238-41-8
ISSN : 1961-2001
Loi n° 49-956 du 16 juillet 1949 sur les publications destinées
à la jeunesse
Dépôt légal : mai 2009

La fille du capitaine des pompiers

Il y a des jours où je trouve la vie vraiment formidable. Tenez, des matins comme celui-ci par exemple. Le soleil brille, les oiseaux chantent, les éléphants gazouillent sur les fils électriques… et surtout, je suis en route pour l'école. Non, je ne suis pas folle ! Juste un peu excitée peut-être, mais pas plus !

– Bon, Titi, je crois qu'on est presque arrivé. Prépare-toi à descendre à toute vitesse, on ne peut pas trop traîner quand même.

– Bah, si tu es en retard, ce n'est pas grave, toi, tu peux te permettre d'aller vite. Tu ne risques pas d'avoir une amende.

Vincent se tourne un instant vers moi pour me faire les gros yeux.

– Dis donc, c'est ce que ton père t'a appris ? Le pauvre, s'il t'entendait !

J'éclate de rire.

– Je plaisantais, voyons !

– J'espère bien, rétorque-t-il, la moustache encore frémissante, parce que sinon, il faudra te trouver un autre chauffeur !

– Jamais, je jure une main sur le cœur, toi tu es le plus beau.

Il éclate de rire à son tour en bombant le torse.

– C'est l'uniforme, ça plaît toujours aux femmes !

C'est vrai que les hommes de mon père font toujours sensation. Avec leurs bottes en cuir, leur pantalon bleu marine et leur pull assorti barré d'une bande rouge, ils ont de l'allure. Et encore, ça, ce n'est rien. Il faut les voir quand ils ont revêtu leur tenue de feu et leur casque étincelant !

Je rétorque :

– Et aux hommes aussi j'espère, parce qu'un jour, moi je porterai le même.

En freinant devant l'école, Vincent me regarde :

– Ne t'en fais pas. Tu n'auras pas besoin de ça.

Il est gentil Vincent. Il me connaît depuis ma naissance et me trouve toujours la plus belle !

Alors que je m'apprête à descendre, je l'entends me dire :

– Bonne chance !

– Tu te rappelais que c'était aujourd'hui ?

– Bien sûr ! Toute la caserne en parle. On est très fier.

Mon cœur fait un bond.

Aujourd'hui, si je suis si excitée, c'est que je commence les cours pour passer mon « Brevet national de jeune sapeur-pompier ». Il faut vous dire, pour que vous compreniez mieux, que mon père est le capitaine des pompiers de Vaux-en-Provence. Et donc j'habite la caserne depuis ma naissance. Il paraît d'ailleurs que le premier mot que j'ai prononcé, ce n'était ni « Maman » ni « Papa », mais « pimpon ».

– Merci, je réponds doucement.

Puis mon tempérament de feu (c'est Papa qui le dit) reprend le dessus et j'enchaîne :

– Bonne chasse au tigre !

– Ne m'en parle pas, soupire Vincent, il paraît que le « tigre » en question n'a que trois mois et s'appelle « Minou ». Il est coincé dans un arbre et ne veut plus descendre.

Je rouspète :

– Il suffit d'attendre qu'il ait faim et il redescendra. A-t-on jamais vu des squelettes de chats dans les arbres ? Franchement, quand je serai pompière, je ne perdrai pas mon temps à ça !

– Alors, c'est qu'il te reste beaucoup à apprendre. Rappelle-toi notre devise : « Discrétion…

Tout en fermant la porte, je l'interromps pour terminer à sa place :

– … altruisme et efficacité ». Je sais, je sais, mais quand même, faut pas exagérer.

En riant, Vincent redémarre et me fait signe par la portière.

Alors que je regarde le camion-échelle s'éloigner, j'entends une voix siffler avec méchanceté :

– Pistonnée !

Des tenues flambant neuves

Nul besoin de me retourner pour savoir qui vient de parler. Je serre les poings et je respire à fond avant de lui faire face.

– J'en ai assez, Yann. Tu sais très bien que ce n'est pas vrai.

L'adolescent fait claquer un briquet doré qui capte les rayons du soleil. Puis il ricane alors que le camion rouge disparaît dans le virage.

– Ben voyons, c'est évident que tout le monde arrive à l'école en camion de pompier.

Malgré moi, je dois reconnaître qu'il a raison, et je cherche à me justifier :

– Ils avaient une intervention juste à côté, en plus, il n'y avait pas urgence, alors…

– …alors tous les « soldats du feu » se mettent au service de la fille du capitaine, c'est tout à fait normal, se moque-t-il.

Là, je sens la moutarde me monter au nez.

– De toute façon, ça n'a aucun rapport avec le brevet de jeune sapeur-pompier.

– Ah oui ? Et c'est à moi que tu veux faire croire ça ?

– Ce n'est quand même pas de ma faute si tu n'as pas été retenu pour suivre les cours.

– Ça reste à voir. Si tu n'avais pas été prise, j'aurais eu mes chances. Et si j'avais été le fils du capitaine, c'est moi qui serais à ta place. Regarde-toi, ma pauvre fille, tu ne m'arrives même pas à l'épaule. Tu vas être ridicule !

Celui-là, c'est fou comme il est doué pour faire mal. Comme si ce n'était pas assez difficile comme ça d'être la seule fille du groupe. Heureusement, au moment où je sens une grosse boule se former dans ma gorge, une autre voix retentit :

– Fiche-lui la paix, Yann. Tu sais très bien qu'elle court plus vite que toi.

Yann se tourne vers le nouveau venu.

Moi, je suis soulagée de voir Alfred, mon copain de toujours. Nous étions encore en maternelle quand je l'ai vu jouer avec un camion de pompier. C'était un vieux camion en plastique rouge qui, quand il était neuf, fonctionnait avec des piles, mais les piles, bien sûr, étaient usées depuis belle lurette. Ce jour-là je m'étais plantée devant lui en disant :

« Je sais très bien faire la sirène. »

« Fais voir », avait-il répondu sans lever les yeux.

J'avais fait voir, ou plutôt, j'avais fait entendre.

Tous les enfants s'étaient retournés et les maîtresses avaient accouru.

« Je peux faire moins fort aussi », avais-je expliqué un peu plus tard.

Il m'avait regardé et il avait répondu :

« OK ».

Depuis, on ne s'était plus quitté.

– Tiens, voilà Zorro, dit Yann tout en jouant avec son briquet.

Sans relever la remarque, Alfred poursuit :

– D'ailleurs si tu faisais un peu plus de sport, je suis sûr que tu courrais beaucoup mieux.

Yann fait une bulle énorme avec son chewing-gum. Il la laisse éclater au visage d'Alfred, puis s'en va en menaçant :

– C'est ça, c'est ça ! En attendant, profitez-en bien, mes cocos, parce que vous n'avez pas fini d'entendre parler de moi.

Je laisse échapper un soupir.

– Ça va, Tiphaine ? demande Alfred.

– Ça va. Mais merci d'être venu à la rescousse.

– Bah, ce n'est rien. Il est jaloux, c'est tout.

– Mais tu l'as entendu ! Tu ne crois pas qu'il peut être dangereux ?

– Penses-tu, il est comme ces chiens qui aboient tout le temps mais qui ne mordent pas.

À cet instant, la sonnerie retentit et, sans plus attendre, nous nous mettons à courir.

L'après-midi, j'ai déjà oublié l'incident. Il faut dire que le moment tant attendu est arrivé. Devant le groupe d'élèves sélectionnés, un pompier que je ne connais pas prend la parole.

– Bienvenue à tous, je suis très content de vous accueillir à cette formation qui durera trois ans. Tout au long de cette période, vous allez, comme de vrais sapeurs-pompiers, devoir vous entraîner dur physiquement, apprendre les premiers gestes à faire en cas d'accident ou d'incendie, et devenir de bons citoyens.

– Monsieur, demande un petit blond, quand est-ce qu'on ira avec vous éteindre des incendies?

Le pompier sourit.

– Pas avant très longtemps, Léo, c'est trop dangereux.

– Mais on m'avait dit qu'on apprendrait à utiliser le matériel d'incendie! insiste-t-il.

– Oui, mais sous forme d'exercice seulement.

Visiblement, Léo est très déçu. Je le comprends, moi aussi je brûle d'agir.

— Et notre tenue de « cadet », demande Gabriel, quand est-ce que nous l'aurons ?

« Cadet », c'est l'autre nom qu'on donne aux élèves-pompiers.

— À la fin de cette séance, on vous remettra votre équipement.

Je sens un frisson d'excitation me parcourir l'échine. Cet uniforme, cela fait des années que j'en rêve.

Comme de nombreuses questions se mettent à fuser de toutes parts, le formateur lève les mains.

— Je vois que vous êtes très bavards ! Mais je répondrai à vos questions un peu plus tard. Pour l'instant, c'est parti pour un petit cross de vingt minutes, histoire de vous dérouiller un peu et de me montrer ce que vous avez dans les jambes.

Avec enthousiasme, nous démarrons.

— Hé, doucement, nous crie le pompier, souvenez-vous du lièvre et de la tortue. C'est bien d'aller vite, mais il faut aussi tenir la distance.

Sous le soleil encore chaud de cette fin septembre, nous transpirons vite à grosses gouttes, mais cela ne nous empêche pas de discuter. Il a raison, le pompier, nous sommes très bavards.

— Dis donc, souffle Alfred au bout d'un moment, pour demain, ça marche toujours ?

Demain c'est mercredi et, heureusement, on n'a pas cours.

— Ça… marche… toujours, je réponds en expirant bien, comme on me l'a appris.

L'effort en valait la peine : lorsque nous rejoignons le formateur, nos tenues sont là, flambant neuves, prêtes à être distribuées. Chacun notre tour, nous recevons un gros paquet. À l'intérieur, je découvre une casquette rouge et un casque orange que je me visse aussitôt sur le crâne.

– Hé ! Regarde, dit Alfred, une veste de protection contre le feu.

Fièrement, il exhibe le vêtement noir sur lequel brillent des bandes réfléchissantes.

Une minute plus tard, malgré la chaleur, j'enfile la salopette bleue que nous devrons porter lors des exercices.

À côté de moi, Léo l'a déjà revêtue ainsi que les bottes et les gants assortis.

– Ouah ! T'es rapide, lui dis-je.

– Il le faut! C'est essentiel en cas d'urgence.

Il me dévisage soudain avec attention.

– Hé, je te reconnais! C'est toi la fille du capitaine des pompiers!

Réprimant un soupir, je m'attends une nouvelle fois à être traitée de pistonnée.

– Tu pourras m'inviter chez toi?

Surprise, je bredouille:

– Pourquoi pas? Il faudra que je demande à ma mère…

– Non, je ne voulais pas dire vraiment chez toi. C'est plutôt la caserne qui m'intéresse. Tu as de la chance d'y habiter! Voir les pompiers en action tous les jours, c'est génial.

Comme je ne le connais pas bien, je me contente de lui donner une réponse

vague, ce qui ne lui plaît pas trop. Mais avant qu'il insiste, le formateur reprend la parole pour conclure :

– Voilà, vous avez l'uniforme, maintenant, à vous de vous en montrer dignes !

L'appel du feu

Chapitre 3

– Tiphaine, à table!

Devant le miroir de ma chambre, je m'admire sous toutes les coutures. En entendant l'appel de ma mère, j'obéis aussitôt (pour une fois) tellement je suis pressée de montrer ma nouvelle tenue.

En poussant la porte de la cuisine, je fais :

– Tatatam! Mesdames et Messieurs, vous pouvez applaudir la cadette Tiphaine!

Mes parents, qui sont bon public,

s'exécutent immédiatement. Papa, rouge de fierté, vient m'embrasser. Quant à Maman, elle s'exclame :

— Eh bien ! Avec deux pompiers dans la famille, je ne risque plus rien !

Je réponds à toutes leurs questions puis nous passons à table. Il fait tellement chaud que nous dînons sur la terrasse qui surplombe la caserne. Devant moi, je regarde le soleil se cacher derrière la tour de manœuvre, haute de sept étages, qui sert de terrain d'entraînement aux pompiers. Mon père a le regard perdu dans les collines à l'est de Vaux-en-Provence.

— Papa ?

Il me répond distraitement :

— Oui, ma chérie ?

— Cela fait deux fois qu'on te demande

de nous passer l'eau. Pour un capitaine des pompiers, c'est un comble !

– Excusez-moi, dit-il en me tendant la cruche, j'étais dans la lune.

Maman, qui sait bien qu'il est rarement dans la lune, insiste :

– À quoi pensais-tu ?

– À ces collines, avoue Papa. Il a fait tellement chaud tout l'été, qu'il ne reste plus que de l'herbe sèche et des buissons ratatinés. On a eu de la chance jusqu'à présent, mais avec ce mois de septembre qui ne nous apporte toujours pas la pluie, je crains le pire. Il suffirait d'une toute petite étincelle, et tout partirait en fumée !

– Bah, ne t'en fais pas, le rassure Maman toujours optimiste, la météo prévoit des orages pour le week-end. Tu verras que bientôt on regrettera le beau temps.

Papa fait une moue dubitative et ne répond pas. Pourtant, moi, je sais très bien ce qu'il pense, je ne le suis pas partout depuis des années sans avoir rien appris. Je devine ce qu'il dirait à ma mère s'il n'avait pas peur de l'inquiéter : « La météo, ça n'est pas mathématique, on ne peut jamais être sûr. Et puis le week-end, c'est encore loin. D'ici là, il peut s'en passer des choses. »

Mais il choisit de changer de sujet et se met à parler de la foire qui commence la semaine prochaine.

La sonnerie du téléphone me réveille en sursaut. Pour les familles de pompiers, cela n'a rien d'exceptionnel, cela veut juste dire qu'il y a une alerte. D'habitude, j'y fais à peine attention et me rendors aussitôt, mais cette nuit, c'est différent. Est-ce parce que j'ai commencé mes cours de cadette ? Peut-être. En tout cas, je sens que le devoir m'appelle.

Alors que j'entends mon père répondre et commencer à distribuer ses ordres, je saute hors de mon lit et me prépare à toute allure. Aussi discrètement que possible, je quitte l'appartement et descends les escaliers pour me rendre à la salle d'alerte. Devant les écrans d'ordinateur, je découvre Paul, le pompier stationnaire, qui est déjà en train d'organiser les secours. De là où je suis, je vois qu'il a réservé le CCF (camion-citerne feu de forêt) et le véhicule de premier secours. Aussitôt, je repense à la conversation du dîner. C'est sûr, cela doit flamber dans les collines.

– Salut Paul !

Le pompier se retourne.

– Qu'est-ce que tu fais là habillée comme ça ? s'écrie-t-il. Retourne vite te coucher, il y a une urgence. On n'a pas de temps à perdre !

Je m'insurge :

– Eh ! Je suis cadette maintenant ! Je veux y aller !

À ce moment-là, la porte s'ouvre et mon père apparaît. En me voyant, il fronce les sourcils. Soulagé, Paul dit :

– Elle veut venir, mon capitaine.

– Il n'en est pas question, dit mon père. Va te coucher.

– Mais Papa, je sais me servir d'une pompe ! Je peux aider.

D'une voix coupante, il répète :

— Va te coucher, tu nous fais perdre de précieuses minutes.

Furieuse, je tourne les talons. En quittant la salle, je vois avec envie les pompiers rejoindre le lieu de rassemblement dans le hangar à véhicules en se laissant glisser le long de la perche de feu. Dans une minute, ils écouteront avec attention les ordres de mon père avant de monter dans les camions.

Soudain une idée germe dans mon esprit. Discrètement, je profite de l'agitation pour attraper la perche à deux mains. Les pieds serrés de part et d'autre du tube métallique, je me laisse glisser doucement. En quelques pas, je me retrouve derrière le véhicule de premier secours. Rapidement, je lève l'un des rideaux métalliques. À côté des tuyaux, je repère le petit espace où je me cachais quand j'étais petite. Espérant pour une fois ne pas trop avoir grandi, je m'y glisse. Une fois bien coincée, je referme le rideau. Ouf, il était temps ! J'entends des voix approcher. Une minute plus tard, le moteur ronfle et le camion s'élance, toutes sirènes hurlantes.

Chapitre 4

Passagère clandestine

Peu après, le véhicule s'immobilise. Je pousse alors un soupir de soulagement. Le trajet a été effectué en un temps record, et j'ai eu plus d'une fois l'impression de me trouver dans un manège d'autos-tamponneuses. À chaque virage, à chaque dos d'âne, je me suis cogné soit la tête, soit les genoux, soit les épaules. Demain c'est sûr, j'aurai l'air d'un schtroumpf avec tous ces bleus !

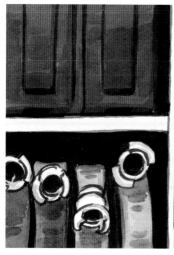

À l'extérieur, les ordres claquent et, malgré l'urgence, je n'entends pas de cris de panique. Alors que je me demande comment sortir discrètement, le rideau métallique qui me dissimule se soulève. Et là, je me rends compte que même un pompier surentraîné peut être pris de court.

– Titi! Qu'est-ce que tu fais là?

Tout d'abord, je suis éblouie par la lumière des flammes, des phares et des gyrophares, mais très vite je reconnais Vincent, revêtu de sa veste de cuir noir éclairée de bandes réfléchissantes. Il n'a pas encore baissé la visière de son casque brillant comme un miroir, et je peux presque voir ses moustaches se dresser de stupeur... puis de fureur.

— Ben tu vois, dis-je en montrant ma tenue, je suis venue vous aider.

Ahuri, il lâche :

— Tu es folle ! Tu vas voir ton père !

Je n'ai pas le temps de le supplier de ne rien dire que justement mon père arrive. À ce moment-là, je sens que mon aventure prend l'eau.

Le regard glacial qu'il me lance suffirait à éteindre le brasier. Mais il est

capitaine avant tout et sans perdre son sang-froid, il articule :

– Toi, tu ne bouges pas d'ici et, cette fois, je te conseille vivement de m'obéir. Le reste, on le règlera à la caserne.

Puis, il se remet à coordonner les opérations.

En silence, je sors de mon trou. Sans rien dire, Vincent me tapote l'épaule en signe de compassion. Comme moi, il sait très bien que je vais passer un sale quart d'heure. La seconde d'après, il est de nouveau concentré. Avec des gestes rapides et précis, il déroule les tuyaux de gros diamètre et les branche à la réserve d'eau du camion. Ensuite, il les relie à des tuyaux plus petits qui serviront à l'attaque du feu car ils sont plus maniables. Tout ça, je le connais par cœur pour l'avoir vu faire cent fois lors des exercices d'entraînement. J'enrage de devoir rester sans rien faire.

Frustrée, je regarde autour de moi. Je reconnais aussitôt les lieux. On est sur le parking qui mène à la colline des oliviers.

C'est l'endroit préféré des jeunes du coin pour se retrouver. Alfred et moi venons souvent y faire un tour à vélo. Ce n'est pas loin de la ville et c'est très tranquille. Il y a même une ancienne cabane de berger un peu plus haut qui nous sert de refuge. Parce que, si nous n'avons pas à craindre la pluie pendant les mois d'été, le mistral, lui, souffle souvent à vous décorner un bœuf et il est alors bien agréable de se retrouver entouré de quatre murs.

Heureusement, cette nuit, il n'y a pas une pique de vent. C'est un bon point pour nous, le sinistre ne devrait pas faire trop de dégât avant que les pompiers n'en viennent à bout. Mais pour l'instant, ce n'est pas encore gagné. À une dizaine de mètres de nous, les flammes crépitent et embrasent les ténèbres. L'herbe et les arbustes, terriblement secs après un été sans pluie, s'enflamment comme des allumettes.

La voix de Vincent, déformée par le casque, m'interpelle :

– Recule Titi, on va s'attaquer à ce coin !

J'ai à peine fait trois pas que les lances arrosent le brasier. Les jets sont tellement puissants qu'il faut deux hommes pour tenir les tuyaux. De peur de me faire asperger, je cours jusqu'au parking à vélos.

– Flûte !

Mon casque mal attaché vient de tomber par terre. Je me baisse aussitôt pour le ramasser quand soudain je remarque un petit objet sur le bitume. Je le ramasse. Je me fige en découvrant ce que c'est. Un briquet.

À la lueur des flammes, il brille d'un reflet doré qui ne m'est que trop familier.

Un incendie criminel

Chapitre 5

— Entre vite, Alfred !

J'attends à peine qu'il ait dit bonjour à ma mère pour le tirer par le tee-shirt. Une fois la porte de ma chambre refermée, j'explose :

— Tu ne devineras jamais !

— Je parie que si !

— Dis voir !

— Tu es sortie cette nuit avec les pompiers !

Interloquée, je m'exclame :

— Comment tu sais ça ?

– J'ai vu ta combinaison qui séchait en bas, ce qui veut dire que tu l'as utilisée. Comme en plus j'ai entendu les sirènes des camions à trois heures du matin et que tout le monde parle de l'incendie qu'il y a eu sur la colline des oliviers, c'est élémentaire, mon cher Watson !

– Bien vu ! dis-je, impressionnée, mais ce n'est pas l'essentiel. Je préfère d'ailleurs ne pas en parler. Mon père était tellement furieux qu'il m'a menacée de me retirer des jeunes sapeurs-pompiers si je recommençais. Il m'a dit qu'un vrai pompier ne désobéissait jamais aux ordres, c'est trop dangereux pour l'équipe.

Alfred émet un sifflement :

– Parce que tu y es allée sans avoir la permission ? T'es gonflée, toi !

Je hausse les épaules.

– De toute façon, c'est du passé. En revanche, j'ai découvert un élément très important pour l'enquête.

– L'enquête ?

– Ben oui, c'est un incendie criminel, alors on va ouvrir une enquête.

– Comment peux-tu être si sûre que ce n'est pas un accident ? Pendant le cours, le pompier nous a expliqué combien c'est facile de provoquer un incendie, même sans le vouloir : un verre de lunette qui fait loupe et hop, le feu démarre ! Sans parler des cigarettes que l'on jette et qui sont mal éteintes : elles brûlent à cinq cents degrés et montent à mille degrés quand on aspire une bouffée.

– Tu as vu beaucoup de loupes qui provoquent un incendie pendant la nuit, toi ? Et puis se balader dans les collines à minuit pour griller des cigarettes, c'est déjà pas commun, mais quand il y a deux foyers d'incendie en même temps, cela devient franchement criminel! Il faut revoir tes cours, Sherlock Holmes.

Un peu penaud, Alfred râle:

– C'est bon, c'est bon! Je n'ai pas eu toute la journée pour réfléchir au problème, moi!

Puis il ajoute avec colère:

– Il faut être fou pour allumer volontairement des feux!

Je rectifie calmement:

– Ou bien vouloir se venger, regarde ce que j'ai ramassé.

En silence, je sors de ma poche le briquet que j'ai trouvé sur place.

– Mince alors! s'exclame mon copain. On dirait celui de…

On se regarde et je lis dans les yeux d'Alfred qu'il arrive aux mêmes conclusions que moi.

– …Yann.

– Eh oui, Yann ! Tu vois bien qu'il fallait se méfier.

– Mince alors ! répète Alfred.

Puis il reprend :

– Tu l'as dit à ton père ?

– Bien sûr ! Mais il m'a dit que ce n'était pas une preuve suffisante, que Yann n'était pas le seul à avoir un briquet comme ça, et qu'en plus rien ne prouvait qu'il avait été perdu cette nuit.

– Qu'est-ce qu'on va faire ?

Je me relève du lit sur lequel je m'étais assise en tailleur.

– D'abord, direction la tour de manœuvre ! On va aller s'entraîner comme prévu.

Depuis que nous nous connaissons, nous allons aussi souvent que nous pouvons jouer dans cette tour construite pour l'entraînement des pompiers. Les lendemains d'incendie, elle sert également à faire sécher les tuyaux que l'on suspend du plafond. On dirait d'énormes boas qui descendent de leur arbre.

– L'exercice devrait nous éclaircir les idées. Rappelle-toi : « un esprit sain dans un corps sain ».

Une étincelle
de génie

Le lendemain, je retrouve Alfred dans la cour de récré. Je devine au premier regard qu'il n'a pas plus le moral que moi. Il faut dire que, malgré notre entraînement et des discussions sans fin, nous n'avons pas trouvé le plan idéal pour arrêter notre incendiaire. Nous avons pourtant monté et descendu les escaliers un nombre incalculable de fois, et nous avons même réussi à passer d'un balcon à l'autre grâce à l'échelle au bout recourbé qu'utilisent les pompiers quand il y a le feu dans un immeuble. C'est vraiment très difficile, et c'était la première fois qu'on y arrivait, mais cela n'a pas suffit à faire jaillir l'idée géniale dont nous avions tant besoin.

Très vite, les autres membres du cours de jeunes sapeurs-pompiers viennent nous rejoindre. Tout le monde commente avec passion les événements de la nuit qui ont fait la une des informations locales.

– Ça a dû être terrible, souffle Bastien. Quand je pense que c'était criminel !

– Heureusement que les pompiers ont été alertés rapidement, soupire le grand type musclé qui est arrivé premier du cross.

– Quand même, s'exclame Léo, tous ces soldats du feu en train de combattre les flammes, quel spectacle fantastique !

Je me tais. Je préfère passer sous silence mes exploits nocturnes.

Soudain, je sens une présence dans mon dos.

– Alors, les héros, j'ai entendu dire qu'il y avait eu un incendie cette nuit...

Sidérés par son culot, Alfred et moi nous retournons en même temps. Pendant un instant, j'observe Yann sans rien dire. Il a l'air très content de lui, ce qui ne fait que renforcer mes soupçons.

– Heureusement que vous étiez là pour nous sauver, dit-il d'un ton moqueur.

– Tu sais très bien qu'on n'a pas le droit d'y aller, rappelle Alfred.

– Oh ! Vraiment ? dit Yann d'un air

innocent. Comme c'est intéressant! Des pompiers qui n'ont pas le droit d'aller éteindre le feu! Je ne sais pas pourquoi, mais je trouve ça terriblement ridicule!

Malgré la promesse que je m'étais faite de garder secrète mon escapade nocturne, je ne peux m'empêcher de lui rabattre son caquet:

– Moi j'y étais en tout cas, et ce que je trouve vraiment ridicule, c'est celui qui l'a allumé, cet incendie, parce que c'était un vrai travail de débutant, un petit feu de rien du tout, et qu'en moins de deux, il était éteint!

Yann rétorque:

– C'est que l'incendiaire a dû juste vouloir s'amuser. La prochaine fois, il attendra que le mistral lui donne un coup de main.

Et, faisant claquer son briquet, il s'en va en ricanant de son rire débile.

– Tu y es allée fort, remarque vertement Léo, il paraît qu'il a quand même fallu deux heures pour l'éteindre, ce feu !

Je hausse les épaules.

– En tout cas, il est vraiment dingue ce type, s'écrie Bastien.

– Et tu ne peux pas imaginer à quel point ! je conclus.

Quand je me retrouve enfin seule avec Alfred, il me regarde bizarrement.

– Tu as remarqué ? demande-t-il.

Je hausse les épaules :

– Évidemment ! Le briquet de Yann était rouge cette fois !

– C'est sûr, c'est lui qui a perdu le briquet doré que tu as ramassé ! Il faut agir,

et vite, mais comment? Voilà la question.

Il m'observe attentivement et poursuit:

– Peux-tu me dire pourquoi il y a soudain une petite flamme dans ton regard?

– C'est à cause de mon tempérament de feu, réponds-je avec emphase.

– Bon, dis-moi ce qui se passe, insiste impatiemment Alfred. Il y a cinq minutes tu faisais une tête d'enterrement, et maintenant tu fais le clown!

– Parce qu'on le tient!

– Qui ça?

– Ben notre incendiaire, pardi!

Devant son air étonné, j'enchaîne:

– Tu te rappelles, on se disait qu'il allait sûrement recommencer, mais le problème, c'est qu'on ne savait pas quand.

– Oui, je me rappelle.

– Et bien maintenant, on le sait.

– Ah bon?

– Mais oui, il nous l'a dit lui-même! Il attendra qu'il y ait du vent! Il était terriblement vexé quand je lui ai dit qu'on avait éteint son feu très facilement. La prochaine fois, il voudra marquer un grand coup!

Sifflement d'admiration de mon copain.

– Alors? demande-t-il enfin.

– Alors, voilà ce qu'on va faire…

Chapitre 7

Sur la colline aux oliviers

Lorsque le présentateur météo annonce des pointes de vent de plus de cent kilomètres heure le vendredi soir, je devine que le jour J est arrivé. Je n'ai pas le temps de me lever du canapé que j'entends déjà le téléphone sonner. Je me précipite sur l'appareil pour décrocher.

– Allô ?

Sans préambule, la voix d'Alfred chuchote dans le récepteur :

– Alors c'est pour ce soir ?

– Alors c'est pour ce soir !

Un peu fébrile, je vérifie :

– Tu as le talkie-walkie ?

– Pas de souci ! Mon sac est déjà prêt. J'ai aussi l'appareil photo avec la fonction spécial infrarouge pour prendre des clichés la nuit.

Les photos, c'est l'idée d'Alfred pour avoir des preuves. Les talkies-walkies, c'est la mienne. Ils sont très puissants, avec une portée de plusieurs kilomètres. Ils appartenaient à mon père avant. Il me les a donnés quand ils ont été remplacés par de nouveaux encore plus puissants et plus légers.

– Génial ! chuchoté-je. On reprend contact à dix heures ?

En raccrochant, j'émets un petit soupir de contentement. Notre plan est au point. Sur place, Alfred me préviendra dès qu'il aura repéré Yann. Moi, ici, j'alerte immédiatement tout le monde et le tour est joué.

Dix heures dix, toujours pas de nouvelles d'Alfred. Normalement, il est aussi ponctuel qu'une montre suisse et je commence à m'inquiéter un peu. Enfin, une série de grésillements me fait sursauter. J'enfonce le bouton rouge :

– Tu étais où ?

Je relâche le bouton pour qu'Alfred puisse répondre.

– Où voulais-tu que je sois ? Sur la colline aux oliviers bien sûr ! Sauf que ce soir, c'est une nuit sans lune, et pour retrouver le chemin de la cabane, ce n'était pas évident. Je n'ai même pas pensé à prendre une torche.

Bien à l'abri dans mon lit douillet, j'ai un peu honte d'avoir oublié cet élément essentiel.

– Ça va quand même?

– Oui, maintenant, ça va. Mais il y a un vent terrible, ça fait un de ces boucans! Je ne vais jamais entendre Yann!

– Avec un peu de chance, lui aura pensé à la torche. Il sera facile à repérer.

Après quelques échanges, nous décidons d'arrêter de parler et nous nous donnons rendez-vous tous les quarts d'heure. Il faut économiser les batteries si on veut tenir toute la nuit.

Vers minuit, il n'y a toujours rien à signaler. J'ai de plus en plus de mal à ne pas m'endormir et je remercie silencieusement Alfred d'avoir insisté pour aller sur place faire le guet.

À deux heures du matin, je sens cependant qu'il en a assez et est tout près d'abandonner.

– Allez, c'est bientôt fini, dis-je pour l'encourager, demain soir, c'est moi qui prends le relais.

Pour toute réponse, j'entends un bâillement.

– Tant mieux, parce que la prochaine nuit, je compte bien la passer dans mon lit.

Je m'apprête à lui répondre, quand j'entends soudain un cri étouffé.

– Tiphaine, j'ai vu une lumière, il y a quelqu'un.

Une seconde de silence, puis :

– Je vois une flamme ! Il est tout proche, à une centaine de mètres de la cabane ! Il...

Des grésillements couvrent ses dernières paroles. Debout sur mon lit, je me mets à hurler :

– Alfred ! Alfred !

Seul des crépitements sortent de mon talkie-walkie.

Pendant quelques secondes mon cœur s'arrête de battre. Enfin, il répond à nouveau à mes appels.

– … vient de démarrer un nouveau feu ! Vite, le vent… vers la cabane !

Je hurle dans ma chambre :

– Tiens bon, j'arrive !

Comme une furie, je déboule dans la chambre de mes parents. Heureusement, mon père a l'habitude des urgences et, en quelques secondes, il est debout, en train de m'ordonner de m'expliquer calmement. Comme je ne suis pas sa fille pour rien, je me ressaisis aussitôt, et bientôt il connaît toute l'histoire. Je vois son regard s'assombrir, mais pas un mot de reproche ne sort de sa bouche. Il décroche le téléphone en me disant d'aller me préparer pour sortir au feu. En entendant ça, un frisson de peur et d'excitation mêlés me parcourt des pieds à la tête. Cette fois, c'est du sérieux.

Au cœur du brasier

Je fais le parcours assise entre mon père et Vincent. La lumière bleutée des gyrophares, la sirène hurlante, les feux rouges grillés, tout ça pourrait être un rêve devenu réalité, si cette aventure n'avait pas en quelques secondes viré au cauchemar. Parce que, depuis son dernier appel, je n'ai plus réussi à joindre Alfred. Forcément, cela veut dire qu'il s'est passé quelque chose et, forcément, c'est inquiétant.

En arrivant sur le parking, je suis effarée de voir à quelle vitesse le feu s'est propagé. Il y a moins de dix minutes, Alfred me disait qu'il voyait les premières flammes et maintenant j'ai l'impression que toute la colline est un brasier. À peine descendu du véhicule, Papa me saisit par les deux bras et me regarde bien en face :

– Maintenant, je veux que tu me dises très précisément où se trouve cette cabane. Concentre-toi !

Je lui obéis : je me concentre, j'explique… mais c'est difficile. Comment décrire un chemin qui, même en plein jour, se perd dans la montagne ?

Très vite, Papa m'arrête.

– On n'y arrivera jamais comme ça.

Il se tourne vers Vincent et parlemente avec lui quelques minutes avant de me demander avec réticence :

– Est-ce que tu te sens capable de nous accompagner ?

Je tourne à nouveau les yeux vers la colline. La chaleur me brûle le visage. J'ai l'impression d'être plongée dans une fournaise. Tout autour de moi, les pompiers sont déjà en train de déployer leurs

armes anti-feu. Soudain, je me rends compte que mon envie d'aller combattre ce monstre s'est évaporée.

Puis je repense à mon copain. Lui, il n'a plus le choix, il est déjà au cœur du brasier. Et si je n'y plonge pas à mon tour, il n'en ressortira pas vivant. Alors, avec un calme qui me surprend moi-même, j'acquiesce d'un signe de tête.

Aussitôt, toute trace d'hésitation disparue, Papa me fait enfiler une de ses tenues d'approche. Bien que je nage dedans, il dit :

– Avec le vent, c'est l'enfer.

Il me visse également un vrai casque sur le crâne, un qui isole de la chaleur et du feu. Juste avant qu'il n'abaisse ma visière et la sienne, je l'entends marmonner :

– Quand ta mère va savoir ça…

Alors que les lances à eau déversent déjà leurs mètres cubes sur les flammes les plus proches, j'entends les sirènes des casernes voisines approcher. Ce soir, il y a besoin de renfort. Quand le vent s'allie au feu, les forces humaines deviennent vite dérisoires.

Une seconde plus tard, je prends la tête d'une petite troupe constituée de mon père et de deux de ses hommes. Au pas de course, nous nous lançons à l'assaut de la colline. Ici, il fait clair comme en plein jour. Heureusement, nous avons le vent dans le dos. Ce qui ne m'empêche pas d'être terrifiée par la fureur des flammes qui dansent et s'élancent toujours plus hautes vers le ciel à chaque bourrasque.

J'ai peur. Vraiment peur. Pourtant, j'avance.

Un instant je m'arrête, croyant m'être perdue. Tout est bien différent du paysage auquel je suis habituée. Je sens la main de mon père se poser sur mon épaule. D'une brève pression, il me témoigne sa confiance et lève le pouce en signe d'encouragement. Ici, pas question de soulever la visière des casques.

Je scrute les alentours, malgré la boule que j'ai dans la gorge. J'aperçois alors un rocher noirci dont je reconnais la forme bien particulière. D'un signe de la main, j'indique la direction à suivre.

Malgré la chaleur, je sens des sueurs froides glisser le long de mon dos. Au loin, j'entends le bourdonnement de moteurs. Je devine immédiatement que ce sont les canadairs qui viennent à la rescousse. Les bombardiers d'eau sont allés faire le plein au-dessus de la mer, à quelques kilomètres de là, et vont déverser leur chargement sur la montagne en feu.

En moi, l'espoir renaît. Je me rends compte que jusqu'alors je ne pouvais croire que des hommes puissent vaincre cet ogre dévorant.

Enfin, après un temps qui me paraît infini, je vois apparaître la cabane de berger. Le spectacle me soulève le cœur : le toit s'est effondré et le petit bâtiment n'est plus qu'une torche géante.

– Là, à droite !

Au cri de mon père, tous les hommes se précipitent. Moi, je reste sur place, comme tétanisée. Je les vois soulever deux corps inanimés qui se trouvent par miracle hors des murs.

– Ils sont en vie…, m'annonce la voix de mon père étouffée par son casque.

En un rien de temps, les victimes sont enroulées dans des couvertures isolantes et deposées sur les civières montées.

– … mais c'est bien grâce à lui,

ajoute Papa en désignant du menton le plus petit des deux garçons que les pompiers soulèvent déjà. Il a dû traîner ce grand galapiat évanoui à l'extérieur.

Je m'approche du « grand galapiat », m'attendant à voir le visage de Yann, mais là, quelle n'est pas ma surprise en découvrant un Alfred bien mal en point.

Je bégaye :

– Mais… mais si lui, c'est Alfred, l'autre, c'est qui ?

Je cours alors vers la deuxième civière. Bien que ses traits soient noircis par la fumée, je reconnais immédiatement ce visage. Incrédule, je m'écrie :

– Léo !

Il ne faut pas jouer avec le feu

C'est à l'hôpital que j'apprends, en même temps que mon père, toute l'histoire. Quand Léo et Alfred regagnent leur chambre après avoir passé toute une batterie d'examens et reçu quelques soins, je n'en peux plus d'attendre. Ils ont eu une chance incroyable et, à l'exception de quelques bleus et de brûlures superficielles, ils s'en sont vraiment bien sortis.

En nous voyant, Léo éclate en sanglots. Alors c'est Alfred qui commence à parler. Il a une grosse bosse sur la tête et les cheveux qui sentent le roussi, mais il a gardé le sourire.

– Salut Tiphaine, tu es encore là ?

– Eh ! Dis, tu me connais, je ne suis pas du genre à abandonner les copains !

– C'est vrai, plutôt du style à les envoyer au charbon !

Il veut me faire un clin d'œil, mais fait «ouille» à la place avec une grimace. Je n'y tiens plus :

– Allez, raconte, dis-moi ce qui s'est passé après qu'on a été coupé.

– Et bien, j'avais repéré la silhouette de l'incendiaire. Il se déplaçait avec précaution quand soudain le vent a tourné. Il s'est alors précipité vers la cabane et m'a percuté de plein fouet.

À ce moment-là, Léo hoquette :

– Je m'en souviendrai ! J'ai eu la peur de ma vie !

– Il s'est mis à me taper dessus comme un fou ! reprend Alfred. Il n'a l'air de rien comme ça, mais c'est une vraie teigne ! Je voulais le retenir, mais il a réussi à m'échapper. C'est alors que j'ai entendu un grand « crac » et tout est devenu noir.

— C'est à cause de l'arbre, intervient Léo qui s'est un peu calmé. Il était mort et sec. Quand il a pris feu, il est tombé sur le toit de la cabane, et le toit sur la tête d'Alfred.

— Heureusement que tu avais ton casque ! je m'exclame.

— Ça, tu peux le dire, confirme Papa. Et après ?

— Après…

Léo se tait.

— Je crois que je peux le deviner, dit Papa. Arrête-moi si je me trompe. Quand tu as vu ce qui s'était passé, tu es revenu sur tes pas pour dégager Alfred. Cela n'a pas dû être facile car il devait être coincé.

Il a dû te falloir beaucoup de courage.

– C'était horrible, marmonne Léo à voix basse, il faisait au moins cent degrés. J'entendais les arbres craquer de partout et je me disais qu'on allait mourir tous les deux par ma faute...

– Mais tu ne m'as pas abandonné.

Léo ferme les yeux et se tait à nouveau. Papa reprend :

– Quand on vous a finalement retrouvés, tu avais réussi à traîner Alfred en dehors de la cabane. Heureusement, car quand nous sommes arrivés, elle était en feu.

Dans le silence qui s'installe dans la chambre, une question flotte. Finalement, c'est Papa qui la pose :

– Mais Léo, pourquoi, alors que tu as toutes ces qualités, as-tu allumé un incendie ?

Léo se remet à pleurer. Entre deux sanglots, il se confie :

– C'était juste pour voir travailler les pompiers. Depuis toujours, j'adore les regarder passer quand on les appelle quelque part... Je me suis inscrit chez les cadets en pensant que je serais au cœur de l'action... J'ai été tellement déçu d'apprendre qu'on n'aurait pas le droit d'éteindre un incendie… Et puis j'ai compris que Tiphaine ne m'inviterait jamais à la caserne pour les voir de plus près… Alors je me suis dit que j'allais allumer un petit feu, juste pour les voir à l'œuvre. Ce n'était pas méchant, juste un petit feu !

Il lève la tête et me regarde avant de continuer :

– Et puis tu t'es moquée de moi, tu as dit que c'était un feu ridicule, de débutant ! Alors quand Yann a parlé du vent, je me suis dit que la prochaine fois tu ne te moquerais plus !

Je suis encore sous le choc de cette nouvelle, quand il se tourne vers Papa et s'écrie :

– Mais je vous le jure, jamais, jamais

je n'aurais pensé que le feu ça pouvait devenir comme ça! Je ne voulais faire de mal à personne… J'ai juste craqué une allumette, et soudain la colline était en feu. Je n'ai encore pas compris ce qui s'était passé!

— C'est très simple, explique Papa, tu as juste oublié la B-A BA des règles de sécurité: il ne faut jamais jouer avec le feu!

Épilogue

Eh oui, le terrible Yann n'était pour rien dans cette histoire. Alfred avait raison, il aboie fort, mais ne mord pas.

Quant à Léo, grâce à son acte héroïque et à ses regrets sincères (il faut dire qu'il a eu la peur de sa vie et juré que plus jamais il ne toucherait une allumette !), il n'a finalement écopé que d'une peine d'intérêt général : pendant tout l'été, il devra aider les équipes de débroussailleurs à nettoyer les collines pour éviter que les feux ne se propagent.

En ce qui me concerne, j'ai été sévèrement punie : Papa m'a retirée des jeunes sapeurs-pompiers. En même temps, comme le feu a été rapidement éteint grâce à nous, il m'a félicitée et m'a promis que si je savais me tenir, je pourrais y retourner l'année prochaine.

En fait, cette punition m'arrange un peu. J'ai vraiment eu peur. Je crois bien qu'une année pour m'en remettre, ce ne sera pas si long que ça. Et puis je ne serai pas seule : Alfred aussi a été puni, alors ensemble, on pourra reprendre nos entraînements.

Je sais déjà que l'an prochain la compétition sera rude : le bruit court que Yann s'est mis à la course à pied. Et, même si j'ai du mal à y croire, il faut que je me méfie : il n'y a pas de fumée sans feu !

Table des matières

Chapitre 1 La fille du capitaine
des pompiers   **3**

Chapitre 2 Des tenues flambant neuves   **11**

Chapitre 3 L'appel du feu   **25**

Chapitre 4 Passagère clandestine   **33**

Chapitre 5 Un incendie criminel   **41**

Chapitre 6 Une étincelle de génie   **47**

Chapitre 7 Sur la colline aux oliviers   **55**

Chapitre 8 Au cœur du brasier   **63**

Chapitre 9 Il ne faut pas jouer avec le feu **73**

Épilogue   **81**

Dans la même collection

- *Le domaine des dragons,* Lenia Major,
  Marie-Pierre Oddoux
- *On n'est pas des mauviettes, CÔA !,* Emmanuel Trédez,
  Marie Morey
- *Je veux une quiziiine !,* Sophie Dieuaide, Mélanie Allag
- *Ma mère est maire,* Florence Hinckel, Pauline Duhamel
- *La joue bleue,* Hélène Leroy, Sylvie Serprix
- *Inès la piratesse,* Pascal Coatanlem, Laure Gomez
- *Le maillot de bain,* Florence Hinckel, Élodie Balandras

Achevé d'imprimer en Italie par Ercom